Der Roman Noir ist ein Learning by Doing.
Es ist Leben im Verdeckten, im Schatten und am Rande.
Eine Disziplin, geeignet für Autodidakten, für Freigeister, für die sanftmütigen Verrückten der Utopie, für die von der Anarchie Faszinierten, die Feinde der schwarzen Ordnung.

Jean Vautrin
(*Les Temps Modernes*, Oktober 1997)

DER MANN DER SEIN LEBEN ERMORDETE

Nach der Novelle von Jean Vautrin

Titel der französischen Ausgabe: L'Homme Qui Assassinait Sa Vie

Herausgeber: Uwe Garske und Thomas Schützinger

Übersetzung: Uwe Löhmann
Lektorat: Monika Hensche
Lettering: Elma Krieger

ISBN 978-3-935229-93-7
1. Auflage 2014

Edition 52 • Hofaue 55 • 42103 Wuppertal
info@edition52.de
www.edition52.de

MOYNOT
JEAN VAUTRIN

DER MANN

DER SEIN LEBEN ERMORDETE

EDITION 52

DER MANN
DER SEIN LEBEN ERMORDETE

Als Emmanuel Moynot im Juli 1983 den Zeichner Jacques Tardi für das französische Fachmagazin *P.L.G.P.P.U.R.* zusammen mit Pierre-Marie Jamet und Philippe Morin interviewte, hätte sich der damals 23 Jahre junge Mann wohl kaum vorstellen können, eines Tages in die Fußstapfen seines großen Vorbilds treten zu können. Dass es dann doch dazu kam, war allein der Leidenschaft Tardis für die Romane von Léo Malet zu verdanken, von denen er einige für den Comic adaptiert und damit einige seiner wichtigsten Werke vorgelegt hatte, darunter »Die Brücke im Nebel« und »120, rue de la gare«. Entgegen einer Absprache mit dem Verlag Casterman, nach der Tardi gerne alle zwei Jahre eine weitere Romanumsetzung hätte vorlegen können, für die der Verlag die Rechte erworben hatte, widmete sich der Zeichner stattdessen anderen Projekten. Aber Tardi hatte die Augen und Ohren offengehalten, und als Casterman nach einem neuen Burma anfragte, hatte er gleich eine Alternative im Angebot. Ihm war Emmanuel Moynot eingefallen, der nach seiner kurzen Karriere als Comic-Journalist das Lager gewechselt hatte, Zeichner geworden war und bereits einige Alben bei Casterman vorweisen konnte. Und als Moynot hörte, dass Tardi nach einem möglichen Nachfolger für die Kriminalfälle um Malets Figur Nestor Burma suchte, kam es zu einer Absprache. Tardi wollte sich gerne einige wenige Romane Malets für eine Adaption reservieren, aber der Rest würde einem neuen Zeichner zur Verfügung stehen.

»Schon als er seine ersten Arbeiten bei Casterman veröffentlichte«, erinnerte sich Tardi an seinen jungen Kollegen, »brachte er sich als möglichen Kandidaten für eine Fortsetzung von Burma ins Spiel, falls ich eines Tages keine Lust mehr hätte! Ich dachte nur, was soll denn das, wer hat den denn gerufen?! [lacht] Aber von dem Moment an habe ich mich für seine Arbeit interessiert und festgestellt, dass wir die gleiche Leidenschaft für die Darstellung von Städten haben, für Hintergründe und so. Als eine Fortsetzung dann spruchreif wurde, habe ich gleich an ihn gedacht. Auch deswegen, weil er bereits für Casterman arbeitete. Und weil sich sein Stil so sehr von dem meinen unterscheidet, dass ich nicht das Gefühl habe, kopiert zu werden.« [1]

Der 1960 in Neuilly-sur-Seine geborene Emmanuel Moynot gehörte zu den Mitarbeitern des 1978 gegründeten französischen Fanzines *P.L.G.P.P.U.R.*, in dem er ab 1981 nicht nur eigene Comics veröffentlichte, sondern auch redaktionell mitwirkte. Neben Beiträgen in anderen Magazinen konnte er im gleichen Jahr sein erstes Album »L'enfer du jour« bei Glénat veröffentlichen, was ihm eine Zusammenarbeit mit Michel Schetter ermöglichte. 1992 begann Moynot die Arbeit an der Serie »Le temps des bombes« für Dargaud, zunächst noch allein, später gemeinsam mit Szenarist Dieter (d.i. Didier Teste). Aus dieser Zusammenarbeit entstanden auch »Qu'elle crève, la charogne!« und »Nord-Sud«. 1998 begann der Zeichner für Casterman zu arbeiten und gestaltete mehrere Solo-Alben, bevor er die Gelegenheit bekam, die Malet-Adaptionen Tardis fortzusetzen, von denen zwischen 2005 und 2009 drei Alben erschienen (u.a. »Die lange Nacht von Saint-Germain-des-Prés«).

»Tardi ist beinahe eine Art Vaterfigur für mich«, gesteht Moynot im Gespräch. »Ich habe ihn schon

[1] Jacques Tardi in einem Interview mit Nicolas Barthel in *BoDoi* 73, 2004.

immer sehr bewundert, und für mich ist er einer der seltenen Künstler, die es geschafft haben, der aus Belgien stammenden Comictradition einen sehr französischen Stempel aufzudrücken. Außerdem war die Lektüre von ›Griffu‹ eines meiner frühesten Leseerlebnisse, das mich vom Hocker gehauen hat! Diese Geschichte hat mir gezeigt, welche Möglichkeiten in einem Comic stecken und wie Fiktion und Realität miteinander verbunden werden können. Das wollte ich von da an auch machen.« [2]

Die Arbeiten von Tardi waren auch für Szenarist Jean Vautrin der Anlass, sich für Comics zu interessieren. Der unter dem bürgerlichen Namen Jean Hermann 1933 im französischen Pagny-sur-Moselle geborene Autor hatte zunächst als Regisseur beim Film begonnen, bevor er sich Anfang der 1970er Jahre auf das Schreiben von Drehbüchern verlegte. Angeregt durch den Erfolg der Krimis von Jean-Patrick Manchette, der durch erzählerische Reduktion, knappe Dialoge, kurze Sätze und hintergründigen Humor – ganz in der Tradition von Raymond Chandler oder Dashiell Hammett – eine moderne, auf Europa zugeschnittene Form des amerikanischen *Hard-Boiled* Krimis gefunden hatte und damit als Begründer des neueren sozialkritischen französischen Kriminalromans gilt, des sogenannten *Néo Polar*, begann auch Vautrin mit dem Schreiben literarischer Krimis. Seine Bücher »Billy-Ze-Kick«, »Bloody Mary« und »Groom« konnten Kritiker und Leser gleichermaßen überzeugen, und während »Bloody Mary« von Jean Teulé in den Jahren 1982 und 1983 tatsächlich als Comic adaptiert wurde, hatte auch Jacques Tardi nach Fertigstellung der ersten Malet-Adaption Interesse an dem 1981 entstandenen Krimi »Groom«, dessen Adaption jedoch nicht vollendet wurde.

Hin und wieder schrieb Jean Vautrin danach zwar noch Kurzgeschichten für das Comic-Magazin (*A Suivre*) oder Vorworte für die Bücher seines Freundes Tardi (»Tardi en banlieue«, 1990), doch erst als der Schriftsteller für das Cover seines Romans »Le cri du peuple« (1998) einen geeigneten Illustrator suchte, ergab sich erneut eine stärkere Verbindung zu den Comics. Denn die Wahl fiel wiederum auf Tardi, und aus der Beschäftigung mit den für Frankreich umwälzenden Ereignissen der wenigen Wochen im Frühjahr 1871 begann für Vautrin und Tardi dann ganz unerwartet eine mehrere Jahre dauernde Zusammenarbeit an der preisgekrönten Comicfassung von »Le cri du peuple« (dt. »Die Macht des Volkes«). »Seit geraumer Zeit hatte ich (...) nur noch an Tardi als denjenigen gedacht, dem die enorme Arbeit zukäme, den Menschen meiner Einbildung zeichnerische Form zu verleihen.«

Möglicherweise waren der Erfolg und die Aufmerksamkeit, die die Comicversion von »Die Macht des Volkes« zwischen 2001 und 2004 erlangte, der Grund dafür, dass Vautrin mehr Kontakt zu anderen Zeichnern bekam. Denn es folgte mit »Le Pogo aux yeux rouges« 2012 ein Originalszenario für die Zeichnerin Eugénie Lavenant sowie 2013 eine weitere Adaption eines Vautrin-Romans: den 1982 entstandenen Roman »Canicule« (dt. »Bleierne Hitze«) setzte der Franzose Baru in flirrende und faszinierende Bilder um und bildete mit der im Sommer 2013 publizierten Comicversion den Auftakt zu einer Reihe, zu der auch das vorliegende Buch »Der Mann der sein Leben ermordete« von Emmanuel Moynot nach dem 2001 verfassten Vautrin-Roman gehört. Denn Gerüchten zufolge soll bereits Tardi selbst an der Umsetzung einer weiteren Geschichte von Jean Vautrin arbeiten, womit sich ein schöner Kreis schließen würde.

Volker Hamann

[2] Emmanuel Moynot in einem Interview mit Nicolas Barthel in *BoDoi* 73, 2004.

Danke an Myriam und Sandrine,
die die gute Idee hatten, in derselben Straße zu
wohnen wie Gus – und mir aus diesem Grund
ihre Fassade geliehen haben.
Dank auch an Leopoldine Enjolras, weil sie
der Vorstellung ähnelte, die ich mir von Jenny gemacht
hatte – und mir für sie ihr Gesicht lieh.
Dank an Fred R. (Feodor Mapage) dafür,
dass er mir den Canal du Midi und das Labyrinth
von Port-Lauragais gezeigt hat.
Dank an Jean Vautrin für seinen
liebenswerten Enthusiasmus bei der Lektüre
meines Verrats.
Dank meinem Freund Hervé für die Einladung.
Ich komme darauf zurück.

ICH, FRANÇOIS-FREDERIC FREY, GENANNT F.-F.F., 43 JAHRE ...
BORDEAUX S
BORDEAUX ST-JEAN
... SAGE IMMER, WENN DU ETWAS MACHEN MUSST ...
(ALSO EIGENTLICH SAGTE MAMA DAS IMMER ...)
„FRANÇOIS, SAGTE SIE, WENN DU ETWAS MACHEN MUSST, KANNST DU ES GLEICH RICHTIG MACHEN."
WENN DU ALSO AN EINEM 9. SEPTEMBER NACH DREI JAHREN AUS DEM GEFÄNGNIS KOMMST UND ES REGNET, KANNST DU DIR GLEICH DAS MIESESTE HOTEL IM BAHNHOFSVIERTEL SUCHEN.
PERFEKT.
HOTEL
HOTEL
LE GHIZEN
HOTEL
LE GHIZEN
TEL LE GHIZEN
LE GHIZEN

ICH, GUS CARAPE, PRIVATERMITTLER, 56 JAHRE, GRÖSSE 1,76, 68 KG ...
AGENCE SPECTOR
- Detective Privé -
05.56.92.66.93
... SAGE, DASS MAN NICHT NOTWENDIGERWEISE UNTÄTIG HERUMSITZEN MUSS, NUR WEIL MAN NICHTS ZU TUN HAT.
NICHT NOTWENDIGERWEISE.
UM EHRLICH ZU SEIN, SAGE ICH DAS ABER NICHT ALLZU OFT.
16 UHR 15. NOCH ZU FRÜH FÜR FEIERABEND.
MAN KANN NIE WISSEN ... STEHT VIELLEICHT EIN DICKES DING VOR DER TÜR, GENAU DANN, WENN ICH SIE ZUMACHE ...
HMNJA ...

HOTEL
SEX-SHOP
DVD
CABINES PRIVEES
NON STOP
LIVE SHOW
POLE DA
Lap dance

WAS WOLL'NSEN HIER?
ICH WILL MIT GOMEZ REDEN.
WAS WOLL'NSEN VON GOMEZ?
ICH KOMME VON HENRI CALMETTE.
KOMM HER, DU ...
IST DER DA GOMEZ?
DES IS DER, MIT DEM SE REDEN WOLLEN.
SIE KOMMEN VON HENRI?
TU ICH. HABEN SIE, WAS ICH VERLANGT HABE?
KOMMEN SIE MIT.

HIER. DIE IST SAUBER, HAT KEINE VERGANGENHEIT.
ICH HÄTTE AUCH GERNE NOCH EIN HANDY.
WELCHE MARKE?
UNWICHTIG. EINFACH NUR ZUM TELEFONIEREN. MIT KARTE. UNAUFFINDBAR.
VERSTEHE.
MACHT 300 ZUSÄTZLICH.
DAS IST TEUER!
DAS IST DER PREIS. WOLLEN SIE ES NICHT?
DOCH, DOCH. HIER, 800 EURO, DANN STIMMT'S.
ALSO DANN, ICH SAG MAL NICHT AUF WIEDERSEHEN, WAS?
NEIN, NEIN. ADIEU.
TSCHÜS.

IN VIER MONATEN KEIN KUNDE, KEIN EINZIGER FALL.
IST EIN GUTER VORWAND, DIE KRISE. DIE LEUTE SIND NICHT MEHR MISSTRAUISCH GENUG, DAS IST ALLES.
PUB
PUB BRASSERIE
SIE SCHEISSEN JETZT DRAUF, DIE LEUTE.
DAS GLAUBE ICH JEDENFALLS.
PROXI
PROXI
PROXI

NIMM DAS, DU AAS! DU MUSST SOWIESO KREPIEREN! ... PAW! ...
SIE IST DICK, SIE IST SCHWER UND SIE RIECHT NACH FETT ...
... SIE GLÄNZT ÜBERHAUPT NICHT UND MACHT UN-ELEGANTE BEULEN IN DIE KLEIDUNG.

LETZTLICH GIBT ES NICHTS BESCHEUERTERES ALS EINE KNARRE.
23
PROXI

DU, DU, DU NUTTE, DU! ...
JA, DU! ... FÜR JEDEN HÄTTEST DU MICH SITZEN LASSEN KÖNNEN! ... ABER FÜR DEN! FÜR DEN! ...
NUTTE, NUTTE, NUTTE!
PAW
... NUTTE!

NUTTE ! ...

QUAI RICHELIEU, BORDEAUX, 6 UHR 53
FRANÇOIS?
SIE SIND ES DOCH, FRANÇOIS? NA KLAR! AN DEM TAG, ALS SIE GEHEIRATET HABEN, SAHEN SIE BESSER AUS! ... ERINNERN SIE SICH AN MICH?
IHR SCHWIEGERVATER HATTE DEN WAHLKREIS NORD GEWONNEN UND SCHIELTE NACH DEM REGIONAL-VORSTAND ...
HA! UND OB ICH MICH AN DICH ERINNERE! ...
SIE SIND MIT DEM WIND GESEGELT! DAMALS, VOR DER „AFFÄRE". ICH HABE ES IN DER PRESSE VERFOLGT ... FINGIERTE RECHNUNGEN, UNTERSCHLAGUNG VON GESELLSCHAFTSVERMÖGEN ... DIE HABEN SIE VOLL ERWISCHT! ...
WIE VIEL HABEN SIE GEKRIEGT? 5 JAHRE? 6? NEIN, SO LANGE IST DAS NICHT HER ... WENN ICH GEAHNT HÄTTE, DASS ICH SIE UNTER SOLCHEN UMSTÄNDEN WIEDERSEHE! ... IHR SCHWIEGERVATER HAT SIE HÄNGEN LASSEN, WAS?
OKAY, SIE VERSTEHEN SCHON, DASS ICH SIE NICHT KÜSSE ... ICH MUSS AUCH LOS.
SCHÖN, SIE WIEDERGESEHEN ZU HABEN, FRANÇOIS!
FAND ICH AUCH, TITTENTIER. WARUM HABE ICH DICH NICHT GEBÜGELT, ALS ICH DIE MÖGLICHKEIT DAZU HATTE?
ACH, JA! ICH HAB' GEHEIRATET ...

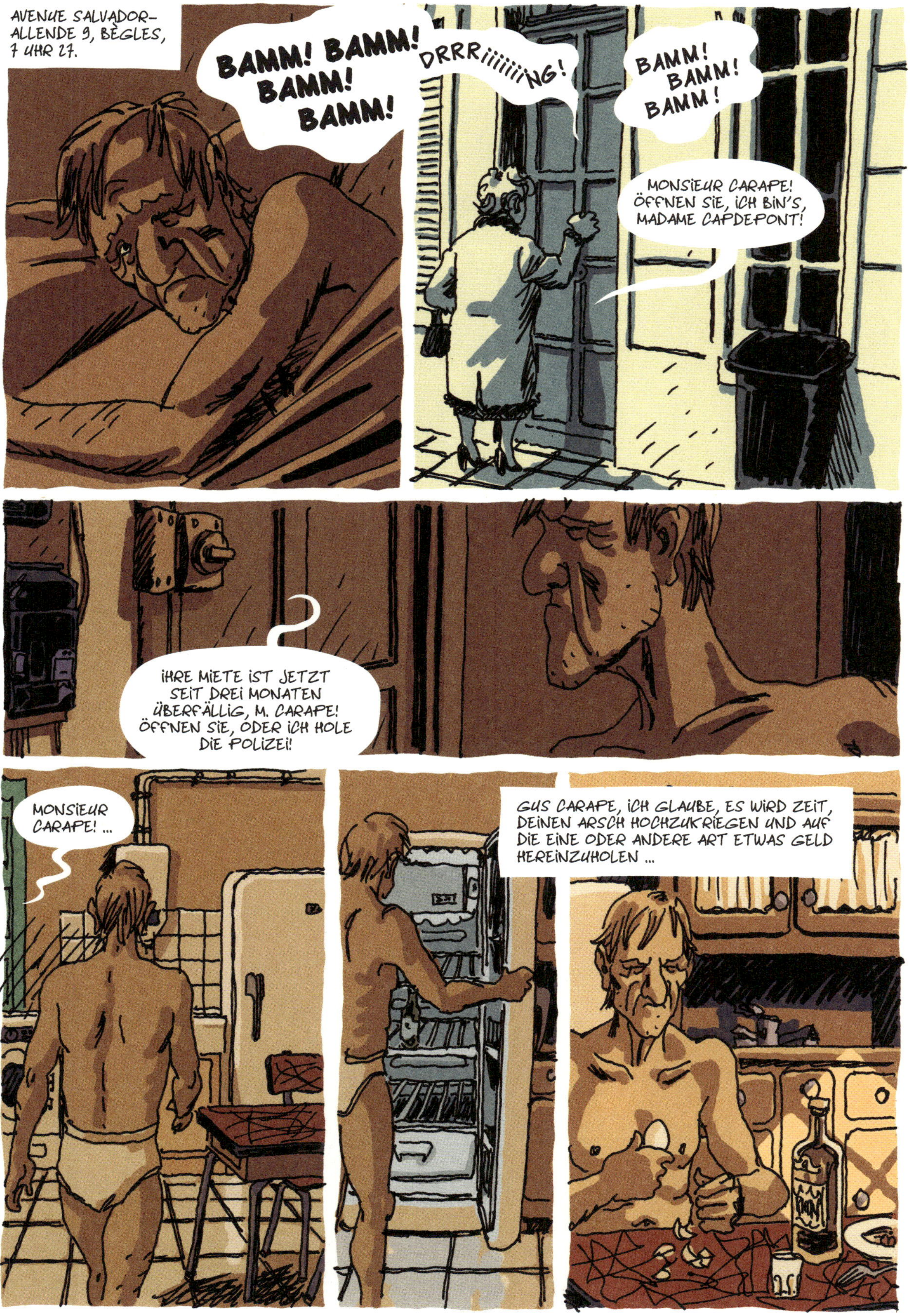
AVENUE SALVADOR-ALLENDE 9, BÈGLES, 7 UHR 27.
BAMM! BAMM! BAMM! BAMM!
DRRRiiiiiiiNG!
BAMM! BAMM! BAMM!
MONSIEUR CARAPE! ÖFFNEN SIE, ICH BIN'S, MADAME CAPDEPONT!
IHRE MIETE IST JETZT SEIT DREI MONATEN ÜBERFÄLLIG, M. CARAPE! ÖFFNEN SIE, ODER ICH HOLE DIE POLIZEI!
MONSIEUR CARAPE! ...
GUS CARAPE, ICH GLAUBE, ES WIRD ZEIT, DEINEN ARSCH HOCHZUKRIEGEN UND AUF DIE EINE ODER ANDERE ART ETWAS GELD HEREINZUHOLEN ...

10. SEPTEMBER, 7 UHR 23, BAHNHOF SAINT-JEAN.
ICH WILL NACH ARCACHON.
ARCACHON? DIREKT HINTER IHNEN LIEGT DER BAHNHOF. WENN SIE DIE FAHRKARTE BEZAHLEN KÖNNEN ...
TAXI
ICH WILL NACH ARCACHON.
TAXI
ICH SAG'S IHNEN GLEICH, ICH KANN NICHT RAUSGEBEN ... UND PASSEN SIE AUF, DASS DIE POLSTER NICHT SCHMUTZIG WERDEN, O.K.?
BÈGLES, COURS VICTOR HUGO, 9 UHR 14.
BAR
W.K.T.L.

NA, MARIA, BOOMT DIE PARTEI?
VON WEGEN! WENN WIR UNS WEITER MIT EX-SOZIALISTEN UND EX-TROTZKISTEN VERBÜNDEN, WISSEN WIR BALD NICHT MEHR, WER WIR SIND!
HEBEN SIE MIR EINEN AUF? ICH PLÜNDERE MEIN SPARBUCH, KOMME ZURÜCK UND BEZAHLE IHN.
KEINE BANGE, ES SIND NOCH WELCHE ÜBRIG!
W.K.T.L.
MARIA COSTABONNE, TOCHTER EINES REPUBLIKANISCHEN EXILSPANIERS UND KOMMUNISTIN VON GEBURT AN. WENN KEINER MEHR ÜBRIG IST, IST MARIA NOCH DA.
UND AUSSERDEM MUTTER COURAGE EINES 45-JÄHRIGEN AUTISTEN NAMENS LIBERTO.
ES GIBT TAGE, DA FÜHLE ICH MICH ÄLTER ALS SIE.
BORDEAUX
W.K.T.L.

François, François ...
François, mein armer Junge, du wirst nie etwas von Geld oder den Frauen verstehen.
ICH WEISS, MAMA. DAS HAST DU MIR OFT GENUG GESAGT.
Du kommst einfach irgendwann nach Hause und gibst mir nicht mal einen Kuss!
ABER MAMA, DU BIST TOT. MAN KÜSST KEINE TOTEN.
MONSIEUR FRANÇOIS?

JEANNE, DU WARST DA?
ICH SPRACH MIT MAMA ...
SIE SEHEN FURCHTBAR AUS, MONSIEUR FRANÇOIS!
ZIEHEN SIE SICH UM, ICH WERDE IHNEN ETWAS ZU ESSEN MACHEN.
MEINE GUTE JEANNE! WAS TÄTE ICH OHNE DICH?
DU WILLST BRÜCHE MACHEN, CARAPE? LASS ES SEIN, DAFÜR BIST DU ZU BLÖD!
NA WAS, WOZU MUSS MAN DA SCHLAU SEIN?
DU SAGST MIR, AUS WELCHEN BURGEN ICH WAS RAUSHOLEN SOLL ... ICH ÜBERNEHM DAS GANZE RISIKO UND DU SETZT DIE WARE AB!
WAS SOLL ICH DENN MIT DEINER SCHORE? DU KENNST DOCH MEIN GESCHÄFT ... DA GEHT'S UM PROTZEREI UND UM STEUERN ...
WOZU SOLLTE ICH MICH ABNERVEN, UM FÜR DICH WAS AUSZU-BALDOWERN?

UND JETZT HAU AB! DU STINKST NACH PECH! NIEMAND HIER WILL ETWAS MIT DIR ZU TUN HABEN ...
HI, MEIN ARMER GUS! WAS HAST DU DEM KLEINEN ZUHÄLTER GETAN?
RENÉ! KENNST DU NICHT JEMANDEN, DER EIN BISSCHEN HILFE BRAUCHT?
WEISST SCHON, N PAAR KLEINIGKEITEN AUS NER VILLA RAUSHOLEN ODER SO?
GUS, GUS ... SELBST WENN ES SOLCHE TYPEN HIER GÄBE, UND ES GIBT SIE NICHT, KEINER WÜRDE DICH NEHMEN!
DAFÜR BIST DU NICHT GEBAUT!
DA, SCHAU MAL AUF DIE TERRASSE. DAS IST EIN BANDIT! DER ALTE MORALES ... ZU ALLEM ÜBERFLUSS SCHEINT ER JETZT AUCH NOCH LEUTE AUS MALI IN SEINEN KÜHLLASTERN ZU SCHMUGGELN.
ABER WIR SIND NETTE KLEINE LEUTE ... GUT, WIR BETRÜGEN VIELLEICHT MAL BEI DER STEUER ... WER MACHT DAS NICHT?
ABER WIR SIND NORMALE LEUTE, GUS, VERTU DICH DA NICHT ...

MORALÈS
30
QUAI DE BRAZZA
W.K.T.L.
PROPRIETE PRIVÉE

CARAPE!
KOWALSKI! SCHEISSE! HABEN SIE MIR ANGST GEMACHT.
WAS STELLST DU WIEDER AN, CARAPE? PLÜNDERST DU JETZT LAGER-HÄUSER?
GANZ UND GAR NICHT, KOMMISSAR! ICH ... NEBENAN WURDE EINGEBROCHEN ... MAN HAT MICH BEAUFTRAGT, DIE EINGÄNGE ZU ÜBERPRÜFEN ... FÜR SICHERHEIT ZU SORGEN ...
HALT MICH NICHT FÜR EINEN IDIOTEN. KEIN HUHN WÜRDE DICH ENGAGIEREN, UM SEINE EIER ZU BEWACHEN.
LOS KOMM, ICH GEB' DIR DA GEGENÜBER EINEN AUS UND DU SPUCKST DIE WAHRHEIT AUS.
ICH MUSS DIE UMGEBUNG SOWIESO IM AUGE BEHALTEN.
ALSO, ICH HÖRE ...
ICH HAB EINEN TIPP GEKRIEGT, DASS DIE MORALÈS MENSCHEN AUS MALI ÜBER DIE SPANISCHE GRENZE BRINGEN.
DA DACHTE ICH MIR, DASS VIELLEICHT ETWAS KOHLE ZU MACHEN SEI ...
RESTAURANT

SIEHST DU? SIEHST DU, GUS? ICH MUSS DICH NICHT MAL HART ANFASSEN, DAMIT DU KLEIN BEIGIBST ...
DU HAST NICHT DAS FORMAT FÜR RICHTIGE GESCHÄFTE. LASS DAS DIE ERWACHSENEN MACHEN.
ICH WERDE DIR ETWAS ANVERTRAUEN ...
ICH BIN HIER, UM DIE KLEINEN ARSCHLÖCHER HOPS ZU NEHMEN, DIE DIE SCHÖNEN MAUERN DER „GROSSKOPFERTEN AUS PARIS" DA HINTEN MIT GRAFFITI VERSAUEN ...
DA SIEHST DU, WIE MAN MICH EINSCHÄTZT.
ICH WERDE DIESE SACHE JETZT ÜBERNEHMEN. WENN ICH DEN FALL LÖSE, HABE ICH BEI MEINEN VORGESETZTEN WIEDER OBERWASSER.
DAS HEISST, WENN DU DICH REINHÄNGST, MACH' ICH DICH PLATT. KLAR?
KLAR.
SO IST'S RECHT, GUS. DU BIST GENAUSO BESCHEUERT, WIE DU AUSSIEHST, ABER WENIGSTENS HÖRST DU ZU ...

HALLO, JENNY?
FRANÇOIS? BIST DU DAS? BIST DU RAUS?
NEIN, NEIN ... NÄCHSTEN MONAT ERST. ICH HAB DIE ERLAUBNIS ZU TELEFONIEREN.
PERFEKT! ALSO WENN DU RAUS BIST, VERSUCH NICHT, MIR ZU NAHE ZU KOMMEN. IN ZWEI MONATEN IST DIE SCHEIDUNG RECHTSKRÄFTIG. AUSSERDEM WERDE ICH UMZIEHEN ...
DU KOMMST NICHT MEHR AN MICH RAN, FRANÇOIS. ICH BIN AUSSERHALB DEINER REICHWEITE ... WAS WILLST DU VON MIR?
DASS DU DEINE BEINE BREIT MACHST, WIE DIE HURE, DIE DU AUCH BIST!
HEILIGE MUTTER! ICH LEBE NUR NOCH FÜR DEN TAG DEINES TODES, JENNY.
ICH WILL MIT DIEU REDEN. GIB MIR DAS FETTE SCHWEIN.
TUT ... TUT ... TUT ...

066072/
HALLO?
RALOUKA?
FRANÇOIS, DU BIST RAUS! BIN ICH DIE ERSTE?
HÄ?
DIE ERSTE! ... DEINER FRAUEN. DIE ERSTE, DIE DU ANRUFST ...
AH! JA, DU BIST IMMER DIE ERSTE, RALOUKA.
ACH JA? SELBST NR. 3 HAST DU NICHT ANGERUFEN? JENNY? ... DU WEISST, SIE HAT NICHT AUF DICH GEWARTET, FRANÇOIS ...
ICH WARTE IMMER AUF DICH!
WAS?! WAS REDEST DU DA?
WEISST DU, DREI JAHRE SIND ZIEMLICH LANG FÜR EIN KLEINES HIRN WIE IHRES ... UND PRÄSIDENT TAILLANDIEU KANN SEHR ÜBERZEUGEND SEIN.
RALOUKA WILL BEI ALLEM DIE ERSTE SEIN. ALSO TAT ICH IHR DEN GEFALLEN!
DIEU? JENNY HAT MICH WEGEN DIEU FALLEN LASSEN?! ...
DAS IST NICHT IHRE SCHULD, FRANÇOIS ... SIE WILL EBEN ABGESICHERT SEIN, IST JA NICHTS NEUES ...

MEIN EIGENER EX-SCHWIEGER-VATER SETZT MIR HÖRNER AUF! DER, DER MIR DIE SCHULD IN DIE SCHUHE GESCHOBEN HAT! ...
IST RICHTIG ZUM LACHEN, ODER? WAS HAST DU JETZT VOR?
WEISS NICHT ... DIE RESTLICHE KOHLE AUF DEN KOPF HAUEN, ANS ENDE DER WELT FAHREN ...
WENN ICH DA WAS BEISTEUERN KANN ... DU KÖNNTEST JA ÜBER MENTON ANS ENDE DER WELT FAHREN, ODER? DU WEISST, DU BIST MIR IMMER WILLKOMMEN ...
HMNJA, RECHNE NICHT ZU SEHR DAMIT. ICH WILL KEINEN FUSS MEHR AN DIE CÔTE SETZEN ...
HÖR ZU, ICH HAB' HIER NOCH EIN PAAR SACHEN ZU ERLEDIGEN. ICH RUF DICH MORGEN AN, O.K.?
O.K.! BIS MORGEN, MEIN ENGEL ...
SETZEN SIE SICH, MONSIEUR FRANÇOIS. DAS ESSEN IST FERTIG.
PAW

AH! MONSIEUR FRANÇOIS! JEANNE HAT MIR GESAGT, DASS SIE DA SIND, ABER ICH HABE SIE NICHT KOMMEN HÖREN!
MEIN ARMER DUPRAT!
ALS KÖNNTEST DU NOCH IRGENDETWAS HÖREN ...
NICHT, ALS KÖNNTE ICH NOCH IRGENDETWAS HÖREN, WAS MONSIEUR FRANÇOIS? HEHEHE ...
ICH HABE IHN JEDEN TAG FÜR SIE GEFAHREN. ER IST SO, WIE SIE IHN VOR DREI JAHREN VERLASSEN HABEN.

ALLES WAS MAN TUN MUSS, IST DIE BATTERIE WIEDER ANZUSCHLIESSEN UND ... BITTE SEHR!
ABFAHRBEREIT ...
!?! ...
PAW!

BORDEAUX
BAYONNE

BÈGLES, 11. SEPTEMBER, 9 UHR FRÜH.
RRRRRRRRiiiiiiiiiiNNNG!
GUS! MACH AUF! iCH BiN'S, MARiA!
TOCK TOCK TOCK
MARiA! WAS iST LOS? iCH DACHTE, ES SEi WiEDER DiE VERMiETERiN ...
ES GEHT UM LiBERTO! MEiNEN SOHN! ER iST VERSCHWUNDEN!
VERSCHWUNDEN? DAS MÜSSEN SiE MiR ERKLÄREN ...
SiE SiND MiT DEM HiLFSWERK VON BÈGLES ZUM ARBEiTEN iN EiN WEiNGUT NACH ST-EMiLiON GEFAHREN. BEi DER RÜCKKEHR FEHLTE LiBERTO ...
EiN BUS VOLLER JAPANER HAT DAS WEiNGUT AM NACHMiTTAG BESUCHT. iCH BiN SiCHER, ER iST MiT DENEN GEFAHREN ...
DiE JAPANER SiND GANZ KLEiN ... DiE JAPANERiNNEN VOR ALLEM ...
LiBERTO LiEBT ALLES, WAS KLEiN iST ...
AUSSER HUNDEN.

HUNDE MACHEN IHM ANGST. SOGAR DIE KLEINEN.
ABER WAS SOLL ICH DENN DA MACHEN, MARIA? FÜR SO WAS IST DIE POLIZEI ZUSTÄNDIG!
DIE POLIZEI! ICH WERDE IN MEINEM ALTER NICHT MEHR ANFANGEN, DEN BULLEN ZU VERTRAUEN! IST DOCH DEIN BERUF, LEUTE ZU FINDEN, ODER?
JAA, NAJA ... KÖNNTE MAN SO SAGEN ... MANCHMAL ... ABER ICH BIN ZIEMLICH TEUER, MARIA!
WAS KÖNNTEN SIE DENN AUSGEBEN?
GELD? DU MACHST WITZE, ICH HABE KEINEN SOU! MEINE PENSION IST WEG, NOCH BEVOR DER MONAT RICHTIG ANGEFANGEN HAT ...
NACH DEM, WAS DIE POLYPEN GESAGT HABEN, SIND DIE JAPANER AN DEN CANAL DU MIDI GEFAHREN ...
AN DEN KANAL? NACH TOULOUSE?
ETWAS WEITER RUNTER.
UND WER WIRD MIR DAS BENZIN BEZAHLEN, UM NACH TOULOUSE ZU FAHREN?
PFFT ...
DU MUSST MIR HELFEN, GUS! IM ANDENKEN AN DEINEN VATER, DER MEIN FREUND WAR UND DAVOR DER MEINES VATERS! ...
WIR MÜSSEN ZUSAMMENSTEHEN, GUS! ERINNERE DICH AN DAS KATALANISCHE MESSER, DAS MEIN VATER DEINEM GESCHENKT HAT ... DU HAST ES NOCH, ODER?
WIR STEHEN ZUSAMMEN!

PARC BORDELAIS, 11. SEPTEMBER, 9 UHR 30.

ICH SEHE SEINE MAJESTÄT MIT SEINEM WAGEN AUS MEINER GARAGE KOMMEN.
ICH SCHAUE ZU, WIE MEINE FRAU AUS MEINEM HAUS KOMMT.
ICH BETRACHTE MEIN UNGLÜCK.
ICH BEOBACHTE.

KLICK KLICK ...
KNALL!
PIERRE, BIST DU DAS? HAST DU WAS VERGESSEN? ...
HUHU, LIEBLING, ICH BIN'S!
FRANÇOIS?! ...
FRANÇOIS, WAS MACHST ...
HALT'S MAUL. WEISST DU NOCH, WAS ICH MAG?
NEIN, FRANÇOIS, NEIN! ICH HAB' DIR SCHON GESAGT, DASS SCHLUSS IST!
HAB' ICH KAPIERT. ICH VERGEWALTIGE DICH NICHT, JENNY.
MAMAS FOTO STEHT NICHT MEHR AUF DER ANRICHTE?
DEINE MUTTER, IMMER DEINE MUTTER, DU ...
ICH SAGTE: HALT'S MAUL!
PAW!

ICH KRIEG' KEINEN MEHR HOCH, JENNY.
ODER JEDENFALLS NICHT MEHR LANGE.
PAW!
MICH HABEN SIE ZIEMLICH GEFICKT, WEISST DU ...
PAW!
NA LOS, TU ES, CLEVER WIE DU BIST ...
TU'S FÜR MICH, MACH DIE BEINE BREIT ...

DU NERVST ECHT, GUS. DU SOLLTEST WISSEN, DASS DER KUNDE DAS MÄDCHEN BEZAHLT UND NICHT UMGEKEHRT, ODER?
ICH BIN JA NICHT WIRKLICH EIN KUNDE.
EIN GRUND MEHR!
NA LOS, THERESE ... ICH HAB' DIR ERKLÄRT, DASS ES FÜR EINE GUTE SACHE IST. EIN VERIRRTES KIND ...
EIN 45-JÄHRIGES KIND!
GENAU DESWEGEN, EIN 45-JÄHRIGES KIND RISKIERT MEHR ALS DIE ANDEREN. DENK AN SEINE ARME MUTTER!
SCHON GUT! DAS LIED VON DER HURE MIT DEM GROSSEN HERZEN UND DER VERZWEIFELTEN MUTTER KENNE ICH.
ICH WERDE DIR NICHT MEIN LEBEN LANG AUSHELFEN, WENN DU PLEITE BIST, GUS. DU WEISST, DASS ICH DICH MAG ... UND DU WEISST, DASS ICH SAUER AUF MICH BIN, WEIL ICH DIR WEH GETAN HABE, ALS WIR ZUSAMMEN WAREN ...
HÖR AUF DAMIT ... DAS IST VORBEI!
ES IST VORBEI, ABER DU VERSUCHST TROTZDEM, DAVON ZU PROFITIEREN ... O.K., WIE VIEL BRAUCHST DU?
600 EURO?
HAST DU GELD AUFGETRIEBEN?
SCHNALLEN SIE SICH AN, MARIA ...

TOULOUSE MONTAUBAN
ICH KANN ES NICHT GLAUBEN, FRANÇOIS. NACH FÜNFZEHN JAHREN GENÜGT NOCH IMMER EIN ANRUF VON DIR, UND ICH LASSE ALLES STEHEN UND LIEGEN UND REDE MIT DIR ...
WAS LÄSST DU LIEGEN, RALOUKA? WAS TUST DU DENN SO?
DU HAST KEINE AHNUNG!
... AUSSER, DIE KOHLE AUSZUGEBEN, DIE ICH DIR BEI DER SCHEIDUNG GEGEBEN HABE?
UNEHRLICH VERDIENTE KOHLE ...
NICHT ZU DER ZEIT, RALOUKA. DA WAR ICH NOCH EHRLICH ... JUNG, DUMM UND EHRLICH.
DAS FING ERST SPÄTER AN. UND ICH HABE ES NUR GETAN, UM DIE KARRIERE MEINES SCHWIEGERVATERS ZU UNTERSTÜTZEN.
UND UM DIE LAUNEN VON SARAH ZU BEFRIEDIGEN ...
JA. DIEU'S TOCHTER HATTE HOHE ANSPRÜCHE.
ALS DU MICH WEGEN IHR VERLASSEN HAST, FRANÇOIS ...
WER? WAS?
NICHTS. ICH WUSSTE IMMER, DASS DU EIN RUMTREIBER BIST. ICH HABE DICH TROTZDEM GEHEIRATET, ODER?

WEISST DU WENIGSTENS, WELCHER TAG HEUTE IST, GUS?
NA KLAR, DER 11. SEPTEMBER, DAS MIT DEN ZWEI TÜRMEN UND SO! ...
7673 ST 33
DAS VON DIR, GUS? DEM SOHN EINES KOMMUNISTEN? UND DU LEBST AUCH NOCH IN DER AVENUE SALVADOR-ALLENDE!
11. SEPTEMBER 73, DER MORD AN ALLENDE!
DAS SOLLTEST DU WISSEN!
DER ARSCH! GLAUBT, ER KÖNNTE MICH ABHÄNGEN ...

!?!
CORDERO
BARCELONA
CORDERO
BARCELONA

HA, DIE KLEINE SCHWUCHTEL. JETZT WARTET ER AUF MICH! ... PASS MAL AUF! ...
!
YAHAHAAA!...

1667 RT 33
1673 ST 33
VERPISS DICH, IDIOT!
¡ARRIBA-RIBA-RIBA!
GUS CARAPE, WENN BLÖDHEIT BENZIN WÄRE, WÜRDEST DU ALLE KANISTER ÜBERLAUFEN LASSEN! ...

DADDY M
MORALÈS & FILS
MORALÈS & FILS
!
6237 JG 33
?

DADDY M
MORALÈS & Fils

DADDY M
SCHEISSE, WAS IST DAS DENN?

DIEU, NATÜRLICH, WER DENN SONST?
Appel entrant
DIEU
WAS WILLST DU DENN? LOS, VERPISS DICH!
ICH HAB GESAGT, VERPISS DICH, MISTSTÜCK!
KLÄFF KLÄFF

!?!
BEI GOTT, DIR WERD' ICH ...
PARDON ...

DER ARSCH, DER ARSCH, DER ...!
HAB NICHT MAL MEHR LUST ZU PISSEN, WEGEN DEM ARSCH!
ROOOOOOOAAAAAAR!

WAS ... WAS IST DAS?! ...
WUFF ... WRRRUUF!
WAS MACHST DU DA, DU WANDELNDER SEUCHENHERD?
WRRRUFF ... WRRUFFF
RUNTER DA, DRECKIGER KÖTER! ARSCHLOCH AUF PFOTEN!
TOULOUSE 40
HABEN SIE EIN PROBLEM, MONSIEUR?
NEIN, NEIN, KEIN PROBLEM. MEIN HUND WAR NUR ETWAS UNRUHIG, DAS HAT MICH BEIM FAHREN BEHINDERT.
HABEN SIE DIE WAGENPAPIERE DABEI?

IST DIESES ... DIESES TIER IHRES?
JA, NEIN ... NICHT WIRKLICH. ER IRRTE AUF DER STRASSE HERUM UND ICH HABE ES FÜR KLÜGER GEHALTEN, IHN AUFZULESEN, BEVOR ER EINEN UNFALL VERURSACHT.
HIER RIECHT IRGENDETWAS KOMISCH ... WIE VERFAULTES LAUB ODER ... ICH WEISS AUCH NICHT ...
DAS IST DER HUND. ER RIECHT NACH FUCHS.
PFRRT
TEUFEL! WAS FÜR EIN GESTANK!
SIE HABEN GLÜCK, MONSIEUR ... FÜR DIESEN HALT AUF DEM SEITENSTREIFEN MÜSSTE ICH IHNEN EINEN STRAFZETTEL VERPASSEN. ABER ICH HABE NUR NOCH EIN PAAR STUNDEN BIS ZUR PENSIONIERUNG.
IST MEIN LETZTER TAG! ICH LASSE SIE ALSO WEITERFAHREN. GUTE FAHRT.
ALSO HUND, DAS WAR PERFEKTES TIMING! HAST MIR AUS EINER SCHEISSKLEMME GEHOLFEN.
DAFÜR HAST DU EINEN PLATZ AUF DEM VORDERSITZ VERDIENT. LOS REIN MIT DIR!
WIE SOLL ICH DICH NENNEN, MISTSTÜCK? ICH WEISS: ZERO! GENAU, ZERO, DAS PASST PERFEKT ZU DIR ...

ICH, LIBERTO, SPRECHE IN SEINEM KOPF. LIBERTO FÄHRT BUS.
LIBERTO LIEBT DEN REGEN, DER ALLES VERWISCHT, WAS SICH DRAUSSEN BEWEGT. UND AUCH DIE JAPANISCHEN DAMEN MIT DEN GANZ KLEINEN HÄNDEN.
KLICK
ICH, LIBERTO, LIEBE DAS GERÄUSCH, DAS BILDER MACHT.
DIR GEHT'S RICHTIG GUT, LIBERTO. IST EIN GUTER BUS, WO ALLE ORDENTLICH SITZEN. DA KANN DRAUSSEN RUHIG VIEL LOS SEIN, HIER DRIN IST ES RICHTIG GUT.

Aire de Port-Lauragais
KREUZFAHRT-SCHIFFE LIEBT LIBERTO GANZ BESONDERS.
SIE SIND RICHTIG GROSS, GANZ WEISS UND SAUBER, UND SOGAR AUF DEM WASSER SCHAUKELN SIE KEIN BISSCHEN.
ABER ERST MAL MUSS MAN DIE GANGWAY HOCH UND DIE SCHAUKELT SCHON ETWAS.
WIF! WIF! WIF!
UND DANN WAR DA DIESER BLÖDE HUND, EIN GANZ KLEINER, DIE ART, DIE DIR DIE FUSSZEHEN ANKNABBERT, WENN DU AUS VERSEHEN EINSCHLÄFST, LIBERTO.

ALSO iST LiBERTO GERANNT, SO SEHR ER NUR KONNTE.
UND ALS ER SEHR WEIT GERANNT WAR, KONNTE ER NICHT MEHR UND LEGTE SICH HIN.
UND DA HAT ES GEREGNET.

Aire d'Ayguevives
SO, SCHLUSS MIT DER VERKLEIDUNG. DU ZIEHST DICH AN, WIE EIN HUND.

WAS, DU MAGST KEIN WASSER? WILLST WAS RICHTIGES SAUFEN?
NA, WARUM EIGENTLICH NICHT ...

AH! GEHST DU MIR AUF DIE EIER! JETZT HÄNG ICH AN DIR! HAB GEFÜHLE FÜR DICH! ES GIBT NICHTS ÜBLERES ALS GEFÜHLE, WENN DU ES WISSEN WILLST ...
IMMER DASSELBE! KAUM HAT MAN WAS MITEINANDER GETRUNKEN, IST MAN SICH WAS SCHULDIG. UND SOBALD MAN SICH WAS SCHULDIG IST, WIRD ALLES SCHEISSE ...
MAMA, MAMA, DU HAST MIR NICHT MAL DIE ZEIT GELASSEN, DIR ZU SAGEN, DASS ICH DICH LIEBE!
Du meinst, du hast mich an der Schwelle des Todes verlassen ...
DU HAST MICH AUFGEFRESSEN! ICH BIN MEIN LEBEN LANG VOR DIR GEFLOHEN!
Ah, du gibst es also wenigstens zu! ...

DU WARST IMMER EIFERSÜCHTIG ...
... AUF ALLE MEINE FRAUEN! ...
SOGAR ALS TOTE LÄSST DU MICH NICHT IN FRIEDEN.
BIP ... BIP ... HALLO?
HALLO, RALOUK'A?
DADDY M
LASS MICH JETZT NICHT IM STICH, ROSINANTE! LASS MICH NICHT IM STICH! ...

KRRRRR... KRRRRR...
TOCK TOCK
NA, MARCEL? GIBSTE WIEDER ALLES? WIE WEIT SEID IHR MIT DEM BLÖDIAN?
PFFF ... WIR ÜBERWACHEN DEN KANAL, ABER ER KANN GENAUSO GUT SCHON DRIN LIEGEN.
MORGEN SCHICKEN SE TAUCHER AUS TOULOUSE.
UND DANN IST AUCH NOCH SEINE ALTE MUTTER AUFGETAUCHT, ALS HÄTTEN WIR SO NICHT GENUG SCHEREREIEN! ...
GENDARMERIE
DANN VIEL ERFOLG, MEIN ALTER! BIS SPÄTER! ...

Zu Hilfe!
Gnade, Monsieur! Wir kriegen keine Luft mehr! ...
Wir haben Durst!
RUHE DA DRIN!
HE! DU KÖNNTEST DAMIT AUFHÖREN, SOLANGE ICH DA BIN, VERDAMMT!
SCHEISSE, DU NERVST! ICH WAR FAST SOWEIT ...
AAAH! ZWEI TAGE AUF EINEM PARKPLATZ MIT DEM IDIOTEN, DER NUR DRAN DENKT, SICH EINEN RUNTERZUHOLEN! ALLES WEGEN EINER GEBROCHENEN ACHSE!
UND DIE BIMBOS DAHINTEN WERDEN NOCH ABKRATZEN UND UNS EINE ARMADA VON BULLEN AUF DEN HALS HETZEN! SO EIN MIST!

... UND DEINER NR. 2, DER SARAH ... HEULST DU DER AUCH DIE OHREN VOLL?
SARAH IST MEINE OFFENE WUNDE. WIR HABEN UNS IM STREIT GETRENNT. ICH HABE SIE SEIT DER SACHE NICHT MEHR GESEHEN.
DA TUST DU GUT DRAN, FRANÇOIS. HALT DICH VON IHR FERN. SIE IST EIN JUNKIE MIT SCHLANGEN IM KOPF. IHRE IRREN AUGEN ABGEFÜLLT MIT HERO...
ICH BRAUCHE DICH, RALOUKA. TRIFF DICH MIT MIR.
Aire de Port Lauragais
UND WARUM, BEI GOTT, SOLLTE ICH DAS TUN?
WEIL DU MICH LIEBST. WEIL ICH FAST WIEDER EINEN HOCH KRIEGE, WENN ICH MIT DIR REDE.
WEIL DU DIE LETZTE PERSON BIST, DIE ICH SEHEN WILL, BEVOR ICH INS AUSLAND VERSCHWINDE ...
ÜBERMORGEN, PUNKT MITTAG AN DER ZAHLSTELLE VON LANÇON-DE-PROVENCE. DU BEGLEITEST MICH NACH MARIGNANE. VERSPROCHEN?
HOTEL
VERSPROCHEN.
HOTEL

SAG MAL, DAS IST REICHLICH STILL DAHINTEN ... DIE SIND DOCH WOHL NICHT VERRECKT?
NEE! ALS ICH VORHIN VORBEI BIN, HABEN SIE NOCH GEJAMMERT. DIE MÜSSEN ...
AH, NA ZEIT WIRD'S! DA KOMMT DER ALTE ANGERAST! ...
MORALES & FILS

AH, AUF EINMAL SIEHT LIBERTO EINEN STRUPPIGEN HUND ...
LIBERTO IST SEHR FROH, DASS ZWISCHEN IHNEN DAS WASSER IST. ER WÜRDE MICH GERN SCHNAPPEN, ABER ER KANN'S NICHT, DER KÖTER.
LIBERTO SETZT SEINEN WEG FORT. IN ALLER RUHE.
LIBERTO HAT HUNGER. ER KÖNNTE EINEN GANZEN HUND VERDRÜCKEN.

EINS, ZWEI, DREI, BUBE DER STÄBE, EINE ENTTÄUSCHUNG ... SIEBEN DER MÜNZEN, RITTER DER SCHWERTER ... NA SOWAS, CHARLES, MEIN GATTE! ...
DRING
DRING! DRING!
NEIN, ENTTÄUSCH MICH NICHT! NICHT HEUTE!
HALLO, CHARLES, BIST DU'S?
WAS HEISST, DU KOMMST NICHT NACH HAUSE? WAS HEISST EINGESPANNT? ABER ICH HABE DAS ESSEN VORBEREITET, UM DEINE PENSIONIERUNG ZU FEIERN! ... ES IST ALLES DA!
UND ICH! ICH! ICH HABE MICH ZURECHTGEMACHT! WAS MACHE ICH JETZT MIT MIR?
WAS GEHT MICH DENN DEIN MONSIEUR KOWALSKI AN ... KOMMISSAR KOWALSKI ... AUS BORDEAUX, VÖLLIG DURCHNÄSST AUF DER AUTOBAHN? ...

NICHTS DA, „MEIN HERZ", ES GIBT KEIN „BIS MORGEN". DU BIST NICHTS ALS EIN TREULOSER LUMP! ... DAS WIRST DU BEREUEN!
EINS, ZWEI DREI, DAS AS DER KELCHE ... EINE LIEBESNACHT ... EINS, ZWEI, DREI, BUBE DER KELCHE, EIN SCHÖNER JUNGER MANN ...
ZWEI DER MÜNZEN, FAST NOCH EIN KIND ...
TOCK TOCK
EINS, ZWEI, DR ...
SIND SIE DAS? SIND SIE DER SCHÖNE JUNGE MANN?
MA-MA ...

WAS MACHST DU DA, GUS? WIEDER DIESER MERCEDES?
GEHEN SIE ZUM EMPFANG, MARIA. ICH KOMME GLEICH.
HOTEL fast inn

MEIN GOTT!

E 280 :
Appelez-moi.
ch. 289. Vous
êtes dans la
merde !
Rufen Sie mich an.
Sie sitzen in der Scheiße.
DER ARSCH,
DER ARSCH! ...

SONNY BOY
ALLÈS & FILS
UND?
¡NIÑOS DE MIERDA!... DIE ACHSE IST GEBROCHEN UND DIE LENKSÄULE IST VERZOGEN ... WER VON EUCH IST GEFAHREN?
ER WAR'S, PAPA!
BIST DU WIEDER AM STEUER EINGEPENNT? UND VON DER STRASSE ABGEKOMMEN, STIMMT'S?
AUA, AUA!
WIE OFT HABE ICH EUCH GESAGT, IHR SOLLT PAUSEN MACHEN? UND DU HAST AUCH GESCHLAFEN? DA! ...
DUMMER IDIOT!
EIN GANZES LEBEN SCHUFTET MAN, NUR UM ZWEI ROTZLÖFFEL AUFZUZIEHEN, DIE ALLES IN DEN DRECK FAHREN! SAGT MIR NICHT, DASS DIE MALIER NOCH IM ANHÄNGER SIND? ODER?
NUN, ÄH ...
WORAUF WARTET IHR NOCH? SEHT NACH, WIE ES IHNEN GEHT!

UND?
DAS MIEFT GANZ SELTSAM DA DRIN ... ICH GLAUBE, DIE SIND ABGEKRATZT, PAPA.
ARHHHHHHH!...
KRVVVVRRHHHHHhhhh...
K rhhh...

MEIN GOTT, MEIN GOTT, DER MANN HAT BEINAHE DIE TISCHDECKE MIT GEGESSEN! DIE SEELE EINES KINDES IM KÖRPER EINES RIESEN ...
BEI SO EINEM APPETIT MUSS DER EIN RIESENGERÄT HABEN ... NEIN, HELOISE, DENK NICHT MAL AN SOWAS! ...
ABER CHARLES, MEIN LIEBER GATTE, DU HÄTTEST MICH JA AUCH HEUTE ABEND NICHT VERSETZEN MÜSSEN ...
ICH HATTE MICH ZURECHTGEMACHT!
TS, TS, TS ... JETZT IST GENUG GEFRESSEN! ... MAN DARF SICH NICHT ZU VOLL STOPFEN!

TRîîîT
TRîîîT
HALLO?
DU HAST MIR EINE NACHRICHT HINTERLASSEN.
JA.
KOMM IN DIE BAR. JETZT GLEICH.
PLATSCH!
O.K., ICH KOMME SOFORT.
HERVORRAGENDE IDEE, KAMERAD. DU STINKST WIE EINE TOTE RATTE.
RÜHR DICH NICHT WEG.

SETZ DICH HIN, ARSCHLOCH, ODER ICH JAG DIR EINE KUGEL REIN. SAG MIR, WAS DU VON MIR WILLST.
GANZ RUHIG ...
ICH BIN NICHT MIT LEEREN HÄNDEN GEKOMMEN.
ICH WEISS, ICH BIN ALTMODISCH, POLAROIDS SIND OUT. ABER ICH MAG NUN MAL PAPIER ... UND WENN ES MAL ZERRISSEN IST, HINTERLÄSST ES KEINE SPUREN!
1667 RT 33
WÜRDIGEN SIE MEINE LEISTUNG! ES WAR NICHT LEICHT, DIE TOTE UND DIE AUTONUMMER ZUSAMMEN AUFS BILD ZU BEKOMMEN.
WAS WILLST DU? WARUM FOLGST DU MIR? WER HAT DICH AUF DIE IDEE GEBRACHT, MEINEN KOFFERRAUM ZU ÖFFNEN?
EIN KÖTER. EIN KÖTER, DER STANK WIE EIN ALTER SCHEUERLAPPEN.
ZERO? WAS HAST DU MIT IHM GEMACHT?
ER NIMMT EIN BAD, WENN DAS SEIN NAME IST. ER STRICH UM IHRE KARRE HERUM, ALS ICH ANKAM.

SCHEISSKÖTER. ICH HÄTTE IHN BESSER ABGEKNALLT.
WIE WÄR'S, SIE STECKEN DIE ARTILLERIE WEG UND BIETEN MIR WAS ZU TRINKEN AN?
RAUS MIT DER SPRACHE. WARUM FOLGST DU MIR? WER IST DIE ALTE? UND WER BIST DU?
ICH BIN IHNEN NICHT GEFOLGT. DIE „ALTE" UND ICH KAMEN HIERHER. SIE IST MEINE KLIENTIN ...
HOTEL
... UND ICH BIN IHRE VORSEHUNG.
ES GEHT KEINER RAN, KOMMISSAR KOWALSKI.
WAS IST DAS FÜR EIN GESOCKSE VON EINEM VORGESETZTEN, DAS MIT DEN HÜHNERN SCHLAFEN GEHT?
GENDARMERIE NATIONALE
DIE ARBEIT EINES BULLEN ENDET NIE! WISST IHR DAS HIER IN DER PAMPA NICHT?! ...

REGEN SIE SICH NICHT AUF, KOMMISSAR. WENN SIE WOLLEN, BRINGE ICH SIE NACH PORT LAURAGAIS. MEIN DIENST IST ZU ENDE.
UND ZWAR FÜR IMMER! AB HEUTE IST SCHLUSS ... ICH GEHE IN PENSION!
UND SIE SIND SICHER, DASS DIE MORALÈS DORT SIND?
GANZ SICHER! ALFONSO UND ICH SIND KUMPEL GEWORDEN, WIE MAN SO SAGT ... ER SITZT DORT MIT SEINEM BRUDER FEST, WEGEN EINER GEBROCHENEN ACHSE.
UND SIE KÖNNTEN MICH DAHIN BRINGEN?
JA, MIT MEINEM PRIVATWAGEN.
ICH TUE DAS, WEIL SIE MIR SYMPATHISCH SIND, KOMMISSAR ...
ALSO SCHEISS AUF DIE VORGESETZTEN!
YES! SCHEISS AUF DIE VORGESETZTEN! ES LEBE DIE PENSION, VERDAMMT!
SAGEN SIE, DAS MUSS EIN ZIEMLICH WICHTIGER FALL SEIN, DASS EIN KOMMISSAR AUS BORDEAUX DESWEGEN HIERHER KOMMT ...
DER FALL MEINES LEBENS, MEIN GUTER MANN, DER FALL MEINES LEBENS!

DER BULLE UND DER MÖRDER, DAS IST DER WITZ DES JAHRES! WIR MUSSTEN UNS BEGEGNEN ...
VORSICHT! EX-BULLE UND PRIVATDETEKTIV. ALS BULLE EIN VERSAGER ...
NAJA, MEHR VERSAGER ALS BULLE EIGENTLICH. NICHTS GELINGT MIR SO WIE DAS SCHEITERN.
ARMES KERLCHEN.
UND DU WAGST ES, DICH MEINE VORSEHUNG ZU NENNEN! ABER ICH WERDE DICH AUS DEM DRECK ZIEHEN, MEIN HÄSCHEN! ICH, DEIN RETTER! DEIN PERSÖNLICHER KLEINER JESUS!
ICH MUSS EINE SACHE ZU ENDE BRINGEN UND DU WIRST MIR HELFEN.
VERSTEHST DU, ICH HABE DAS RECHT ERLANGT, SIE ALLE UMZUBRINGEN ... MEIN LEBEN ZU ERMORDEN. ICH HABE EINEN HOHEN PREIS BEZAHLT. ICH BIN EIN RECHTMÄSSIGER MÖRDER.
ABER ES IST EINE SCHWERE BÜRDE. EINE VERDAMMTE LAST. ICH BRAUCHE EINEN GEFOLGSMANN. DU WIRST DEINEN LOHN BEKOMMEN.
20.000 EURO HEUTE ABEND, UM DIE LEICHE IN MEINEM KOFFERRAUM LOS-ZUWERDEN ...
... UND MORGEN ABEND NOCH MAL GENAUSO VIEL, DAFÜR DASS DU MICH BEI EINER FRAU ERSETZT. KRIEGST DU EINEN HOCH? SAG MIR, DASS DU NOCH EINEN HOCHKRIEGST ...

DU BLEIBST BEIM LKW, ICH BEGLEITE DEN ALTEN IN DIE KLINIK. PASS AUF, DASS NIEMAND KOMMT UND ANFÄNGT RUMZUSCHNÜFFELN.

NA, SCHEISSE NOCHMAL!
MORALÈS & FILS
DAS IST EIN GUTER WITZ ...
DA, DARTIGNOLLES, DA! DER TYP MIT DEM BMW! STOPPEN SIE IHN!
GUS CARAPE! DRECKIGE KLEINE RATTE! WAS TUST DU HIER? MIR DEN FALL STEHLEN, HÄ? ICH HATTE DIR GESAGT, DU SOLLST DICH RAUSHALTEN!
ODER NICHT? HATTE ICH DIR NICHT GESAGT; DU SOLLST WEGBLEIBEN? HÄ? HÄ?
HE! GANZ RUHIG! ICH BIN NICHT DESWEGEN HIER!

AUA! ICH BIN HIER WEGEN LIBERTO COSTABONNE, DEM VERSCHWUNDENEN AUTISTEN! AUA!
ICH BIN DA IM HOTEL, MIT SEINER MUTTER.
DAS IST PLAUSIBEL, KOMMISSAR. MAN HAT UNS ANGEKÜNDIGT, DASS SIE KOMMT, ZUSAMMEN MIT EINEM PRIVATERMITTLER.
ALS ICH MEINE KARRE PARKEN WILL, WAS SEHE ICH DA? ZWEI LKW DER MORALES! STINKT DAS NICHT ZUM HIMMEL?
IST GUT, IST GUT, WIR PRÜFEN DAS. HABEN SIE EINEN GÄNSEFUSS DABEI, DARTIGNOLLES?
KRACK!
AH! BEI GOTT!
IST EIN KOMISCHER GERUCH, ODER? EIN BISSCHEN WIE VERWELKTE BLUMEN ... ERINNERT SIE DAS NICHT AN WAS?

HE, SIE DA!
LASSEN SIE IHN NICHT ABHAUEN!
DADDY M.
RUFEN SIE IHRE KOLLEGEN, MEIN ALTER. DIESMAL WERDEN DIE HERREN VORGESETZTEN AUFWACHEN MÜSSEN.
ICH GLAUBE, UNSERE ÜBERRASCHUNGEN SIND NOCH NICHT ZU ENDE ...
HE, KOWALSKI, SEHEN SIE SICH DAS AN!

DEINE KNARRE NEHME ICH, MEIN KÜKEN. DIE KRAUSKÖPFE HIER GEHEN NICHT AUF DEIN KONTO, ABER WAS DIE BLONDE ANGEHT, KANN ICH DICH NICHT AUSSCHLIESSEN.
WAS IST DENN DAS? WER HAT DA SEIN HANDY NICHT AUSGESCHALTET?

TRIIIT
TRIIIT
TRIIIT
TRIIIT
HALLO?
ERLE-DIGT?
ERLE-DIGT.
DANN BIS MORGEN, 22 UHR. DIE FRAU IST AUF ZIMMER 304. SEI PÜNKTLICH.
ACH! UND SUCH NICHT NACH DEM HUND, DER IST BEI MIR.
JA, JA, BERUHIG DICH. DU KRIEGST JA WAS.
CAVIAR BELUGA

Dale a tu cuerpo alegria Macarena
¿Que tu cuerpo es pa' darle alegria
y cosa buena
¿Dale a tu cuerpo alegria, Macarena
VIVE LA QUILLE
HEY MACARENA!
SIEHST DU? ICH HATTE DIR JA GESAGT, DU FÜHLST DICH BESSER, WENN DU GEREDET HAST.
HIER, RAUCH DIE AUF MEINE GESUNDHEIT.
ICH HAB' IHN SOWEIT! ICH HAB' IHN SOWEIT! DER DRECKSKERL HAT DOCH NOCH AUSGEPACKT! JETZT WIRD GEFEIERT, IHR KERLE!
DU RIECHST GUT NACH LANDLUFT, SCHEISSERCHEN ...

HMMM ... DU RIECHST ... NACH FEUCHTEM WIESENGRAS, VERWELKTEN BLUMEN ... TOTEM LAUB ... DU RIECHST NACH HERBST!
WAS, WAS, WAS? WAS IST LOS? WIRST DU NICHT GERN GEHÄTSCHELT? HAST DU ANGST, ICH BIN SCHWUL?
DIE ... DIE VERWELKTEN BLUMEN, DAS TOTE LAUB ... ICH WEISS WIEDER, WO ICH DAS GEROCHEN HABE ... DER TYP, DEN WIR AUF DER AUTOBAHN KONTROLLIERT HABEN, MIT DEM KOMISCHEN KÖTER ...
JEAN-MI, WIE HIESS DER TYP NOCHMAL? ... DOCH, DU WEISST SCHON, WIE EIN SCHAUSPIELER, WIE WAR DAS NOCH?
DENNER, LÉAUD? NEIN, DAS WAR'S NICHT.
ÄÄH!? DEPARDIEU?
ABER NEIN, BIST DU BLÖD! AN DEPARDIEU WÜRDE ICH MICH ERINNERN!
UND DANN, SEIN GESICHT SAGTE MIR AUCH WAS. ICH MUSS IHN SCHON IM FERNSEHEN GESEHEN HABEN, ODER ICH WEISS NICHT WO ...

TOULOUSE, RUE MIREPOIX, 10 UHR 30
ICH HABE IMMER GEWUSST, WO ICH SARAH FINDE.
ICH HATTE IMMER IHRE ADRESSE, IHRE TELEFON-NUMMER, MIT DER ABSICHT, SIE NICHT ZU BENUTZEN.
Rrrring
FRANÇOIS, BIST DU DAS? HEREIN, HEREIN ...
ICH BIN FROH, DICH ZU SEHEN.
SARAH, MEINE RISSWUNDE! ... WIE GEHT ES DIR?
GUT, GUT ... NA, DU WEISST JA ...

EINEN WHISKEY? ICH GLAUBE, ES IST NOCH WELCHER DA ... HAST DU, WORUM ICH DICH AM TELEFON GEBETEN HABE?
JA, JA, WIE VIEL SCHULDEST DU IHNEN?
3000. WENN DU NOCH WAS DRAUFLEGEN KÖNNTEST ... WEISST DU ... ICH HAB' SEIT GESTERN NICHTS MEHR GEHABT.
DANKE. WEISST DU, DASS MEIN VATER IN DER STADT IST? ER SPIELT AM THEATER, MACHT EINEN AUF SCHAUSPIELER. DER DRECKSKERL HAT MIR DIE FINANZEN GESTRICHEN.
WEISS ICH ALLES.
DU BIST KEINE TAILLANDIEU MEHR, HAT ER GESAGT! ... SEITDEM HABE ICH IHN NICHT MEHR GESEHEN. ICH HABE ÜBERHAUPT KEINE KOHLE MEHR, FRANÇOIS!
SARAH, NICHT JETZT ... HEUTE ABEND, ICH VERSPRECH'S DIR ... HEUTE ABEND LIEBEN WIR UNS EIN LETZTES MAL ...
MMMM...
WIE VIEL UHR IST ES?
10 UHR 40.
OH, DANN MUSST DU GEHEN! SIE SIND UM 11 UHR HIER! SCHNELL, SCHNELL! ...

ICH KOMME HEUTE ABEND WIEDER. PACK DEINE KOFFER, DU KOMMST NICHT MEHR HIERHER ZURÜCK.
KÜMMER DICH UM DEN HUND. GIB IHM KEINEN WHISKEY, AUCH WENN ER DARUM BETTELT.
UND?
HIER IST NICHTS, BRIGADIER.
WIE OFT MUSS ICH IHNEN DENN NOCH SAGEN, DASS ES NICHTS NUTZT, IM WASSER ZU SUCHEN!
GLAUBEN SIE MIR, MADAME, DAS IST UNSER BERUF ...
NA, DANN MACHEN SIE IHN SCHLECHT!
MEIN LIBERTO WÜRDE NIE INS WASSER GEHEN! ER KANN NICHT SCHWIMMEN. ER IST AUTIST, KEIN IDIOT!
WENN ER AM KANAL ENTLANG GEGANGEN IST, DANN IST ER GERADEAUS ZUM NÄCHSTEN HAUS MARSCHIERT. ER IST VOR SEINER ESSENSZEIT LOSGELAUFEN, ER MUSS STERBEN VOR HUNGER.
MADAME, WENN ER SICH ZUGANG ZU EINEM HAUS VERSCHAFFT HÄTTE, HÄTTE MAN UNS DAS GEMELDET. MACHEN SIE ES UNS NICHT NOCH SCHWERER, WIR VERSUCHEN NUR, IHNEN ZU HELFEN.

ICH HATTE DIR JA GESAGT, DASS DIE GENDARMEN UNS NICHTS NÜTZEN. DIE SIND NOCH DÄMLICHER, ALS ICH SIE IN ERINNERUNG HATTE.
IN LETZTER ZEIT NIMMT IHN SEIN DINGSBUMMS REICHLICH IN ANSPRUCH. KANN SEIN, DASS ER SICH IRGENDWO IM GEBÜSCH DAS TEIL UNTER SEINEM BAUCH RUBBELT ...
LIBERTO HAT DIE GANZE NACHT DIE HÜFTEN GESCHWUNGEN. ER HAT FAST NICHT GESCHLAFEN.
DIE DAME HAT SEHR WEICHE SACHEN IN IHREM BAUCH. VIEL BESSER, ALS DAS HARTE PARKETT, UM SICH DRAN ZU RUBBELN.
BAM BAM BAM...
HELOISE! HELOISE! WAS IST DAS FÜR EIN MIST, VERDAMMT!
HELOISE! DIE TÜR IST VERSCHLOSSEN!
HE-LOII-IISE!

theatre garonne
pierre-honoré taillandieu
dans
les lun-ambul-les
de jean herman

JA, ALSO WENN WIR HIER KLEINLICH AN JEDEM KOMMA HÄNGEN, DANN WIRD DAS NICHTS. ICH SPIELE NICHT DEN TEXT, SONDERN GE-FÜH-LE!
AHEM ... WAS DAS SPIELEN ANGEHT ...
ÜBRIGENS SPIELE ICH NICHT WEITER, MEINE HERREN. ES IST 13 UHR, ICH MACHE EINE PAUSE.
GUT! WAS MACHEN WIR?
WAS SOLLEN WIR SCHON MACHEN? WIR GEHEN ESSEN UND PROBEN UM 15 UHR WEITER!

BORDEAUX, POLIZEIGEBÄUDE, 13 UHR 10
POLICE NATIONALE
Appel entrant
Dieu
HALLO, JENNY? GEH ENDLICH RAN! ICH BIN'S ...
HALLO! HIER KOMMISSAR KOWALSKI. WER IST AM APPARAT?
HALLO? WAS? ... WER HAT ...
AH!
PAW

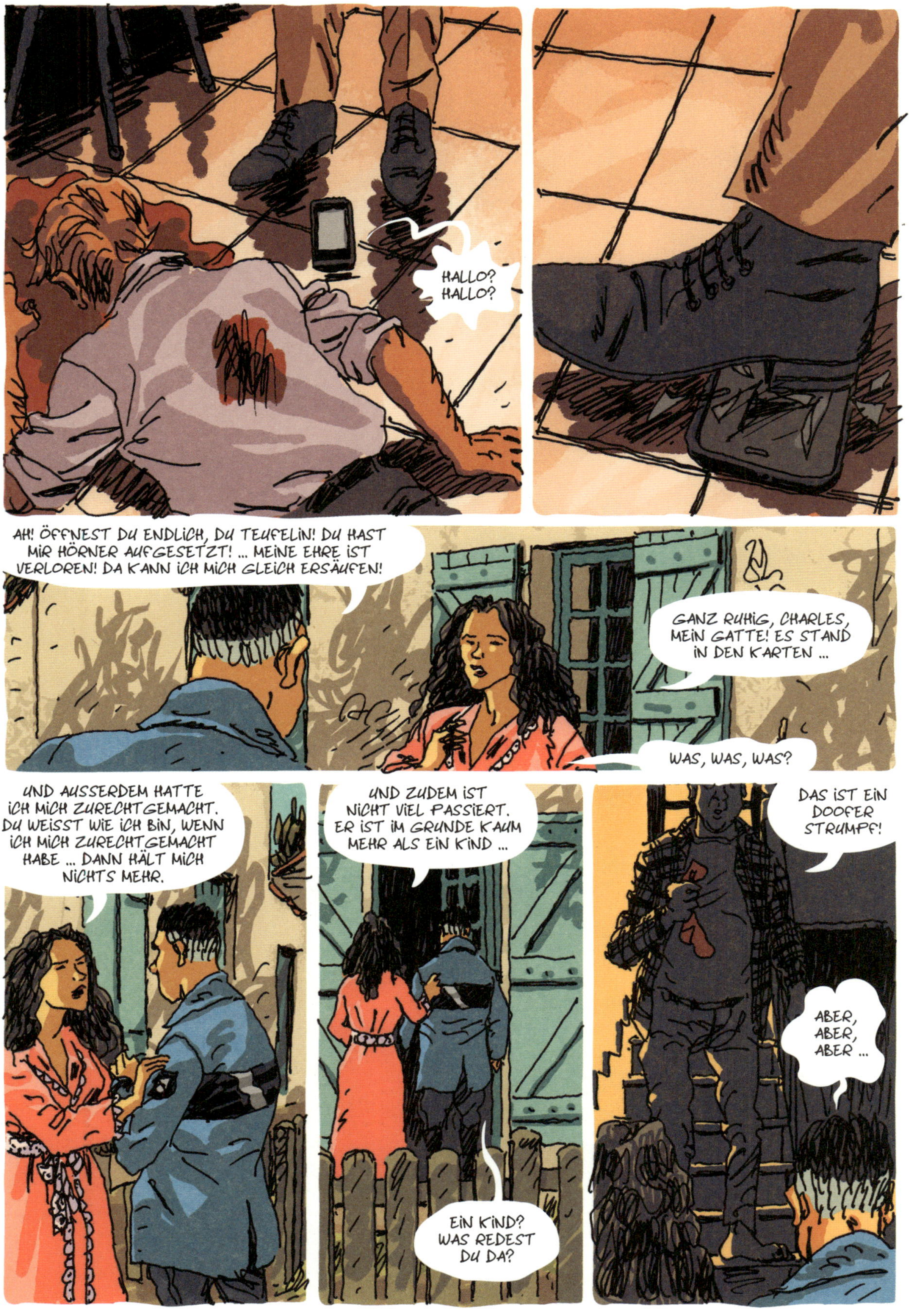
HALLO? HALLO?
AH! ÖFFNEST DU ENDLICH, DU TEUFELIN! DU HAST MIR HÖRNER AUFGESETZT! ... MEINE EHRE IST VERLOREN! DA KANN ICH MICH GLEICH ERSÄUFEN!
GANZ RUHIG, CHARLES, MEIN GATTE! ES STAND IN DEN KARTEN ...
WAS, WAS, WAS?
UND AUSSERDEM HATTE ICH MICH ZURECHTGEMACHT. DU WEISST WIE ICH BIN, WENN ICH MICH ZURECHTGEMACHT HABE ... DANN HÄLT MICH NICHTS MEHR.
UND ZUDEM IST NICHT VIEL PASSIERT. ER IST IM GRUNDE KAUM MEHR ALS EIN KIND ...
EIN KIND? WAS REDEST DU DA?
DAS IST EIN DOOFER STRUMPF!
ABER, ABER, ABER ...

UND WOHIN GEHEN WIR JETZT?
GERADEAUS, SAGE ICH DIR ... ER GEHT IMMER GERADEAUS, ES SEI DENN, ES GIBT EIN HINDERNIS ODER ER KENNT DEN WEG.
DA, SIEH MAL, DA DRÜBEN IST EIN HAUS. GEHEN WIR MAL HIN.
Aaaahh!
DAS IST ER! DAS IST ER!
DAS SAGE ICH DOCH DIE GANZE ZEIT! DAS IST DER AUTIST, DEN WIR SEIT GESTERN SUCHEN!
DISPARU
ICH VERSTÄNDIGE MEINE KOLLEGEN.
BALD HAST DU DEINE MAMA WIEDER, LIBERTO!
MAMA! `TO! ...
ENTSCHULDI-GUNG ...

SIE MÜSSEN MICH MAL BESUCHEN ... DIE NÄCHTE SIND LANG, WENN CHARLES AUF TAUBENJAGD IST ...

MONSIEUR CARAPE, DA IST EIN PÄCKCHEN FÜR SIE.
CARAPE, HIER IST DEINE ARTILLERIE ZURÜCK. DIE BALLISTIKER HABEN AUSGESCHLOSSEN, DASS ES DIE TATWAFFE IST. GEBRAUCH SIE RICHTIG. GRÜSSE, K.
22h, Sans faute ! (309)
22 Uhr, ich verlass mich drauf! (309)

BALD HAST DU'S GESCHAFFT, GUS ...
DU KOMMST UM 40.000 EIER REICHER NACH HAUSE ...
DU SOLLTEST THERESE ETWAS SCHENKEN. SIE EINE WOCHE NACH BIARRITZ EINLADEN, IM CASINO SPIELEN ... ODER NACH SAN SEBASTIAN ...
HOTEL fast Inn
NICHT REDEN. ZIEH DAS AN UND GEH NACH NEBENAN. MACH KEIN LICHT. SIE ERWARTET DICH.

VERGISS NICHT, DU BIST ICH. SEI MEINER WÜRDIG.
AAAAH! AAAAHHHH!

GUS, DU VOLLIDIOT! ...
307
WAS HAST DU GEDACHT? DASS ER DIR DIE GANZE KOHLE WEGEN DEINER SCHÖNEN AUGEN GIBT?

HOTEL
BORDEAUX
BÈGLES, 13. SEPTEMBER, 14 UHR 30.

RIESENUNFALL AUF DER AUTOBAHN A7, VOR EINIGEN STUNDEN, AUF DER HÖHE VON LANÇON-DE-PROVENCE.
EIN FAHRER HAT BEI ÜBERHÖHTER GESCHWINDIGKEIT DIE KONTROLLE ÜBER SEINEN WAGEN VERLOREN UND IST IN EINEN LKW GERAST.
DRIIIIIIING!
DER VERKEHR IST IN BEIDEN RICHTUNGEN UNTERBROCHEN ...
SALUT, BLÖDMANN! ICH BIN HIER, UM DICH IN DEN ARSCH ZU FICKEN ...
POLICE
DU WIRST LACHEN. DIE SCHLAMPE, MIT DER DU DIE NACHT VERBRACHT HAST, DU WEISST SCHON? ... DIE JETZT TOT IST ... NAJA, NICHT NUR DASS ÜBERALL IM ZIMMER DEINE ABDRÜCKE WAREN ...
... STELL DIR VOR, DIE BALLISTIKER SIND SICH SICHER: SIE WURDE MIT DEINEM BALLERMANN WEGGEPUTZT.

MIR WURSCHT.
SCHLIMMSTENFALLS FAHRE ICH EIN PAAR MONATE EIN, BIS ALLES GEKLÄRT IST ... UND WENN ICH RAUSKOMME, HABE ICH DIE VIERZIGTAUSEND EIER IMMER NOCH.
ICH HABE ES NICHT GETAN. DIE KÖNNEN NICHTS BEWEISEN.
POLICE
ALSO IST ES MIR WURSCHT ...
AM SELBEN TAG, PUNKT 12 UHR, LANÇON-DE-PROVENCE.

NOGO
PAW!

ENDE

EDITION 52

PROGRAMM-HIGHLIGHTS IM FRÜHJAHR 2014

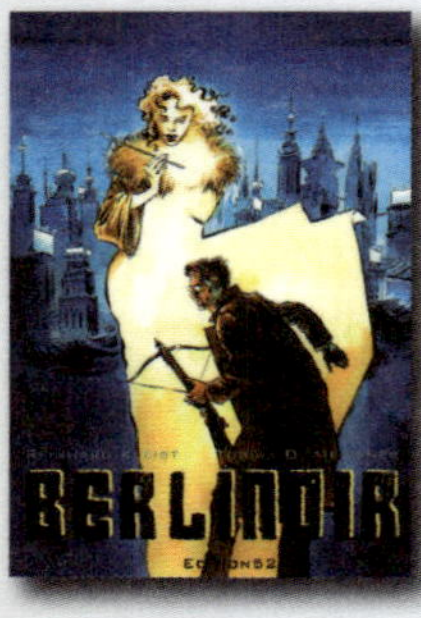

Reinhard Kleist
Berlinor
160 Seiten, Vorzugsausgabe mit Schutzumschlag, Leineneinband, Lesezeichen und signiertem Druck, farbig, 59,– €

Moynot
Der Mann der sein Leben ermordete
112 Seiten, Klappenbroschur, farbig, 20,– €

Piero Masztalerz
Heute ist dein Glückstag!
144 Seiten, Softcover, 25x21 cm, farbig, 15,– €

Baru
Schönes Neues Jahr
144 Seiten, Klappenbroschur, s/w, 15,– €

Baru
Hau die Bässe rein, Bruno!
128 Seiten, Klappenbroschur, farbig, 22,– €

Baru
Bleierne Hitze
112 Seiten, Klappenbroschur, farbig, 20,– €

Andreas Eikenroth
Die Schönheit des Scheiterns
104 Seiten s/w, Softcover, 12,– €

Gihef & Vanders
Liverfool
112 Seiten farbig, Klappenbroschur, 18,– €

A Tribute to Robert Crumb
100 Seiten, Softcover, 4-farbig
20,– €
Vorzugsausgabe mit signiertem Druck
30,– €

Jamiri
L'Argh pour l'Art
64 Seiten, Hardcover, farbig, 15,– €
Vorzugsausgabe mit signiertem Druck, 29,– €

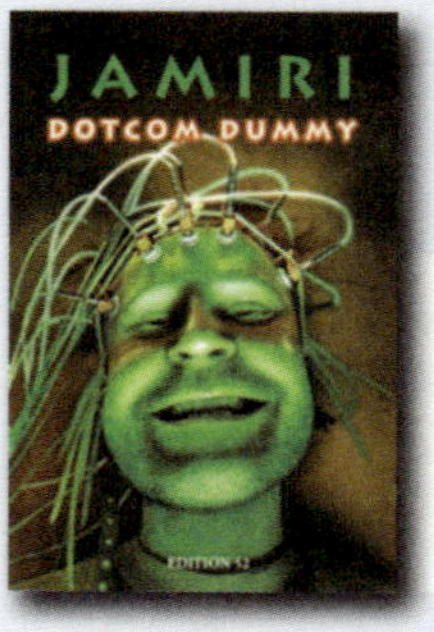

Jamiri
Dotcom Dummy
Neuauflage, 48 Seiten, Hardcover, 4-farbig, 13,– €

Seth
The G.N.B. Double C
134 Seiten, Hardcover
25,– €
in Vorbereitung

Jeff Lemire
Die Krankenschwester – Essex County Band 3
128 Seiten s/w, Klappenbroschur, 13,– €
ebenfalls noch erhältlich:
Band 1 und **2**

Ulf K.
Dolomiti Jahre
48 Seiten, Softcover, Klappenbroschur, farbig, 12,– €

Calle Claus
White Line
144 Seiten s/w, Klappenbroschur, 18,– €

EDITION 52 • Hofaue 55 • 42103 Wuppertal • Tel.: 0202 · 73 57 72 • Fax: 0202 · 698 60 95 • www.edition52.de • e-mail: info@edition52.